古树牌坊 的 故事

邓 第◎编著

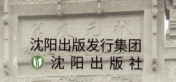

沈阳出版发行集团
沈阳出版社

图书在版编目（CIP）数据

古树牌坊的故事 / 邓第编著. -- 沈阳：沈阳出版社, 2018.9

ISBN 978-7-5441-9746-5

Ⅰ.①古… Ⅱ.①邓… Ⅲ.①民间故事—作品集—中国—当代 Ⅳ.①I277.3

中国版本图书馆CIP数据核字(2018)第230303号

出版发行： 沈阳出版发行集团 | 沈阳出版社

（地址：沈阳市沈河区南翰林路10号 邮编：110011）

网　　址： http://www.sycbs.com

印　　刷： 四川科德彩色数码科技有限公司

幅面尺寸： 145mm×210mm

印　　张： 4

字　　数： 100千字

出版时间： 2018年10月第1版

印刷时间： 2018年10月第1次印刷

责任编辑： 战婷婷

封面设计： 新语文化 NEW CULTURE

版式设计： 新语文化 NEW CULTURE

责任校对： 杨　静

责任监印： 杨　旭

书　　号： ISBN 978-7-5441-9746-5

定　　价： 35.00元

联系电话： 024-24112447

E－mail： sy24112447@163.com

本书若有印装质量问题，影响阅读，请与出版社联系调换。

目　录

石牌坊的故事

序一

看完邓第同学《古树牌坊的故事》一书，倍感欣慰，一个十一岁的小朋友能提笔写出这一本内容翔实使人不思释卷而须一气读完的书，确属非常不简单。

为什么一个十一岁的孩子，能将一个地区围绕古树、古牌坊的一些风物、事故、典故、人情等细节向读者娓娓道来，却又引人入胜，其文笔清新、条理明晰，为许多成人所不及呢？究其原因，理应归之于小邓同学有一个好祖父——邓启云先生。

启云先生是我至交文友，先生经纶满腹，著述甚丰，为我国历史文化的发掘开拓贡献巨大。其家中藏书万卷，是名副其实的书香之家，子孙辈在这种文化氛围中成长，只要努力，将来成就必定可望。之所以邓第同学小小年纪便能写出如此精道大气的文章，亦是必然的。

更令我高兴的是邓第同学勤奋好学，兴趣广泛，多次获得才艺方面的奖励，尤其喜爱音乐，已经拿到钢琴九级证书，这就证明邓第同学已是多么不凡。因为爱好音乐，掌握了音乐技能的话，其人的各项大脑功能就变得更为灵动，等于是为其开启了创造性思维的大门，将大大有利其后的成长学习和创造性的工作，其作用神妙无比。邓第小同学在此有利的条件下，只要肯勤奋努力的在其祖父的万卷藏书及外面浩如烟海的书籍和科学文化知识大海中吸取丰富营养,其后之成长,不可限量。虽不敢方"邺仙秋水""少逸神童"所赞誉的唐朝李泌和宋朝刘少逸两位能令皇帝动容而后凭其才取进士及第、拜相的古人,但如能坚持不懈地努力勤学,一朝成龙便上天,当可期也!

　　是为序。

璧山区作家协会名誉副主席　戴克学

2018 年 4 月 14 日

序二

璧山区境东面是气势磅礴，长60余公里的缙云山脉；西面为雄伟挺拔，长70公里的云雾山脉；南近长江，北近嘉陵。明代《璧山县志》曰："璧山形如柳叶，环境皆山，外高中平，两江夹送。"清代乾隆《璧山县志》记："重山复岭，溪流回绕，西北险阻，东南坦平。"民谣云："东山西山连云端，蜿蜒好比长城长，冈陵起伏，溪水纵横，郊原为锦绣，大地为文章。"民国史学家邓子琴作词道："金剑峨峨，璧水油油，江山郁绿富深秀。"大文豪郭沫若赞叹："璧山佳山佳水，黛山秀湖。"山水秀美，土地肥沃的风水宝地璧山，更被众多墨客赞称是大自然赋予人类的恩赐，是巴蜀大地上的一块碧玉。

大自然鬼斧神工的造化，使璧山昔日多森林古树。中华人民共和国成立前，璧山满目可见参天古树，惜历经"大炼钢铁"滥伐与"文革"乱砍，今虽还有森林55.4万亩，森林覆盖率达40%以上，高于全国平均水平，列国内区县前茅，但100年以上的各种古树仅存100多株了。原各村、组、宅院皆多品种繁多的古树，各道观、佛寺则有许多古银杏树，在城区通往镇乡的石板大道或山路小道边，生长着难以计数的黄桷树。这些树"老态龙钟"或生机勃勃，许多树的年龄都有100至几百年，具体年龄已难以说得清楚了。

人类是从森林中走出来的。森林孕育了人类，也孕育了人类文明。千百年来，璧山人已知道从不同的层次、不同的视觉、不同的需求去识树、护树、用树，尤其是注重大树、古树、奇树，并将感情渗融入树木，形成了内涵丰富的树文化。特别是璧山距今100年以上的古树，人们与它们产生了许许多多的故事，形成了璧山人与古树的文化。

璧山昔日还有100多座牌坊。牌坊起源汉代，演变形成于唐宋，兴盛于明清，是反映皇权、宗教、礼制、文化和社会地位的建筑物。按其功能，可分为标志坊、功德坊、百岁坊、节孝坊、庙宇坊、陵墓坊等类。璧山现存牌坊有10多座，均是明清和现代所建。这些牌坊建筑、雕刻多数精美，并且都有故事和传说，历史文化价值和旅游开发价值很高。

对于璧山的古树与牌坊，人们曾陆续进行过零星介绍，但却缺乏对它们进行整体宣传。邓第撰写配图的《古树牌坊的故事》书应该是开了一个好头。爱好广泛的小作者选题写树、坊与人的文化书，亲到现场拍摄照片，听长辈们讲述故事传说，充分利用家中藏书，将史料、故事和杂记互相糅合，夹叙夹议，为尽力做到文图并茂和具有可读性作了努力。

邓第所撰之书分为古黄桷树的故事、银杏树的故事和石牌坊的故事三部分。全书自始至终贯穿着一根爱国主义的主线，如谈北宋状元冯时行上疏抗金，武状元王大节打入伪齐国助岳飞抗敌，南宋末翰林扬辛起参加抵御蒙军入侵，清代翰林何增元参加新疆卫国平叛乱，20世纪璧山人精忠报国抗日杀敌和抗美援朝等，完全符合习近平总书记谈论的爱国主义精神。小作者具有家国意识，满怀激情和自豪，讴歌了璧山乡贤状元、翰林等群体人士自幼勤奋好学，青年胸怀天下，入仕清正廉洁，为国为民，成为人之楷模。反映了正能量，辨美丑，分善恶，明荣辱，理是非。书中不乏充满阳光的好故事，相信会启迪人的思想、陶冶人的情操、鼓励人进步，了解乡土历史知识等多方面的积极作用。

好书好故事能影响人的一生。本书出版后，会鞭策激励小作者进一步努力，更上一层楼。也希望本书能影响与作者同龄乃至年长之人增进对家乡的了解和热爱，在学习、工作中不断上进。

璧山区历史研究会常务副会长 邓启云
2018 年 4 月 18 日

古黄桷树的故事

一、最不寻常是黄桷

　　黄桷树又名黄葛树、大叶榕，它属于桑科，是高大的落叶乔木。树干粗壮，树形奇特，树叶茂盛，叶片油绿光亮。

　　我国华南和西南地区主产黄桷树，以重庆市和四川、湖北、广西壮族自治区等地最多。古树多虬曲，悬根露爪，蜿蜒盘曲，树枝密集，大枝横伸，小枝斜出。

▶璧山城区关岳庙遗留的古黄桷树

▶在黄桷树下开展民俗活动

　　黄桷树喜光，耐旱，不怕土地瘠薄，有气根，适应力特别强，无论在山坡乱石或悬崖，都可以生长。人们多将它们种植在路旁遮阴或种植在公园、草坪、河岸作为景观。

　　因为树冠宽大，能为人们遮阳，所以深受炎热地区人民的喜爱。重庆人最喜欢黄桷树，1986 年还将黄桷树定为重庆市的市树。

▶金剑山古道黄桷

我家万卷书屋收藏的不少书都记载有黄桷树，谈了黄桷树的一些趣事。在一套距现在已有近400年的《蜀中名胜记》书中，引了古书《水经注》载："江水又东经黄桷峡（今名铜锣峡）。"《图经》记：重庆"涂山之足，有古黄桷树，其下有黄桷渡。"重庆现在仍有黄桷垭、黄桷坪等地名。在重庆长江大桥下游，有一棵特别粗大的黄桷树，叫"黄桷晚渡"。宋代重庆知府余玠写有《黄桷晚渡》诗。清代也有人写诗赞"老树旁屈盘，垂荫三千丈。"在另一套距今约200年的古书复印本中，对我的家乡璧山的古庙子的黄桷树进行了生动的描写。

▶我家万卷书屋部分藏书

我家乡璧山区的黄桷树特别多，在城区与璧山南部青杠、来凤、丁家、广普、三合、健龙，璧山北部大路、八塘、七塘，璧山西南大兴、正兴以及福禄、河边等地都有大黄桷树。百年以上的古黄桷，四处可见。早在宋代初，诗人刘兼就在璧山写有诗："叶如羽盖岂堪论，百步青阴锁绿云。"对黄桷树给予了高度的评价。抗日战争时期，大画家吕凤子在璧山县办学，写诗赞扬"璧山多不寻常树，最不寻常是黄葛。"

　　黄桷树还被人们称名菩提树，象征吉祥。它还有一个特点，那就是有记忆性，如果树是在春天种的，以后每年它就会在春天落叶；如果是在秋天栽的，它就会在秋天落叶。

　　黄桷树还具有药用价值，它的根、叶、树皮有祛风除湿、清热解毒、消肿止痛等作用。

▶ 璧城路边黄桷树成行

二、关岳庙留古黄桷

    在我的老家璧山城后祠坡一带，原是一片古建筑群，其中除民宅大院外，就数庙宇最多了，听爷爷邓启云讲：有后土祠、观音庙、天上官、南华宫、张飞庙和关岳庙。在这些古老的寺庙内，无一例外，都栽种有一棵或几棵至今已有几百年的老黄桷树。

▶关岳庙遗留的黄桷树

7

▶关岳庙参天黄桷

▶关岳庙遗留的黄桷树

　　这些老黄桷树曾经都高高地举起树枝，撑起一片碧绿。可随着时间的推移，有的被风吹倒了，有的被人砍伐了。至今为止，原有的几十棵老黄桷树现在只剩下几棵了，其中位于金山大厦楼南路边的这两棵树，就是关岳庙遗留下来的黄桷树。

关岳庙早在明代就已建成，不过那时候它不叫这个名字，而是叫关帝庙。为什么要叫这个名字，那是因为当时是祭拜关羽的地方。后来庙中又加入了岳飞的雕像，所以就改名关岳庙。关岳庙建好时，按照民间习俗建庙后要栽树，这两棵树应该是那时栽种的，这样一推算，它们至少各有400多岁了。

　　我走近古黄桷树，细细地打量它们那巨大的身躯，因历经岁月的冲刷，外貌沧桑，树身斑驳。

▶关羽像（资料照）

▶苍老的黄桷神树

▶岳飞像（资料照）

　　关岳庙黄桷树除了有很大且苍老的躯体外，身上还有无数像被刀砍箭射后留下的疤痕。当地长期流传说："这些疤痕是战乱时期乱兵所为形成的。"爷爷讲："古树经历过多少次战乱已无从知晓了，但距今较近的是它见证了璧山人奔赴抗日战场，前去杀日本鬼子的事实；见证了无数璧山人站在它身下集体宣誓，高呼岳飞《满江红》，还我河山；记下了璧山人精忠报国的豪情壮志。"

　　古黄桷，历来被璧山人视为神树，直到今天，还有人在它身旁点烛烧香祭拜，以求平安，凝聚着老百姓朴素的信仰。

　　关岳庙遗留的古黄桷树，你作为历史的见证，应当长久地屹立在家乡的大地上。

三、电视塔下大黄桷

　　在我家北边，有一个漂亮的"电视塔公园"，它修建于 2008 年。在公园 300 多米高的山顶，也就是公园的最高处，屹立着一座电视塔。电视塔高几十米，分为三部分，下端好似一根巨柱，中间是一个硕大的圆盘，好似外星人的 UFO，上方则是发射信号的地方。到了夜晚，电视塔便会放射出璀璨的光芒，成为璧山一道美丽的风景。

▶璧城电视塔

▶电视塔下的黄桷

▶公园中茁壮成长的黄桷

　　这位"巨人"的脚下，生长着形形色色、大大小小的黄桷树。它们长得郁郁葱葱，有的笔直地向天长，仿佛要插入云天；有的全身弯弯扭扭的，好似在迎接游客们的到来。有一棵古老的黄桷树，它高 10 多米，胸围 4.6 米，直径 1.46 米，要 5 个小朋友才能合抱。树的两根主干各粗 2.4 米，巨大沧桑的树撑起了一片阴凉。

附近栽种有各种各样的鲜花：春海棠红似火，粉似霞；夏玉兰白似雪，浓香清雅；秋金银桂花，百米飘香；冬蜡梅一片金黄，十分美丽。

▶海棠花小景

这棵黄桷树的旁边，原有一座清代修建的大院，这座大院的名字叫"麻神院"。听几位老人讲，这座大院在唐朝时期是一座"麻神祠"。也有人说是宋代修建的。到底是什么时候修建的，已经无法考证了。但值得肯定的是，里面祭的神名叫"麻神"。这位麻神的身份有三种说法：第一，说她是捏泥造人的女娲氏。传说女娲氏造完人以后，人们没有衣服穿，女娲氏便从山中取来葛藤纺织成衣服给人们穿；二说她是宋代末年元代初年为纺织业做出了杰出贡献的黄道婆；三说她是古代璧山县农村一位姑娘。这位姑娘到山中采集野麻，经过辛勤的培育把野麻变成产量很高的家麻，然后把麻织成麻布，再把麻布缝成麻衣，让贫困的老百姓们有了衣服穿，所以人们要纪念她。

▶纺织忙（资料照）

▶抗战时间日寇军机轰炸重庆、璧山（资料照）

　　据有关历史资料记载与老人讲述，抗日战争时期，这里曾经是国民政府军训部工兵监的驻地。那时，日本鬼子的飞机常常狂轰滥炸重庆市，为了防止受到轰炸，工兵监从重庆城搬到了大黄桷树下的麻神院。几名驻此办公的将军带领部下在此训练中国工兵骨干，还编写了如何利用工兵技术打击日本侵略者的军事书供部队学习，为抗日战争做出了杰出的贡献。

以前这棵黄桷树还有几个伙伴，年龄与它相仿，长得与它相差不多。可惜的是，在20世纪80年代因为当地办化工厂被砍伐，只有它幸存了下来，可也奄奄一息，树枝枯干，树叶几乎全部脱落。值得庆幸的是，化工厂不久被废除了，政府在此修建了公园。修建时，园林工人推来泥土，把树的根部全部埋住，再给它浇水施肥，精心管理，终于让它起死回生，近几年焕发出生机，蓬勃成长。

　　如今，黄桷树已成为公园内的景点之一。树下成为中老年人的舞蹈场地，我的外婆饶丽娅就常常带领"夕阳红"舞蹈队在此练舞健身。

▶黄桷树下好健身

四、东林寺虎皮黄桷

　　从璧山城西面沿着到大兴镇的公路步行七八里路，就到达修建于唐代的东林寺。

　　远望去，东林寺被一座山环抱着，四周有许多树木，有古柏树、香樟树、松树、油桐树，还有许多叫不出名字的树木。众多树木掩映红墙绿瓦，使古寺庄严肃目。

　　寺庙的外围长着一片又一片的竹子，寺后小山与寺前方的竹子大多是慈竹和刺楠竹，寺北则长着许多楠竹和箭竹。寺东北面和西面散布着丛丛苦竹、斑竹和水竹。几十年前，寺庙附近还生长着方竹、人面竹、紫竹、茶杆、刚竹、孝顺竹等观赏性强的竹丛。

▶黄桷树与古东林寺

▶东林寺虎皮黄桷树

    东林寺的南侧，还残留着一棵高约 20 米的大黄桷树。经过测量，树胸围达到了 3 米。这棵黄桷树如擎天巨柱般立在天地之间。它有一个特点，不像其他黄桷树在高处分杈，而是在 1 米高处主干就分成了两干。两主干都弯曲向上，好像两只苍龙，在腾空盘旋。长长的主干又好似要一飞冲天，搏击长空。这棵树已有几百年的历史，身上有无数道裂口，形成了许多斑纹，还长满了青苔，就像身披虎皮的武士，因此被人称名"虎皮黄桷树"。

    在寺院内外，几十年前还长有 4 棵与虎皮黄桷同等大小的黄桷树，其中有一棵远远大于现存这棵黄桷树。据我家收藏的清代《璧山县志》记：该树"大十余围，荫亩许，古干盘曲斑驳离奇，如虬如龙"。该树下曾立有南宋理宗皇帝写的"莲社"碑。

▶饱经沧桑的古黄桷

　　东林寺的老黄桷见证了很多历史事件。如抗日战争时期，日本鬼子的飞机轰炸璧山城期间，中国著名作家老舍在东林寺旁的邓家经魁院避难。东林寺曾被作为抗战难童教养院，来自全国的300多名流浪儿童住此学习、生活、成长，后来不少人成为国家的栋梁。

五、金剑山古道黄桷

　　十二月上旬的一个双休日，天气难得的明媚，我和妈妈、爷爷趁着这难得的好天气，去城东游金剑山看古黄桷树。

　　半路上，我看见许多细细的高耸入云还掉着不少树皮的树，便向爷爷提问。爷爷告诉我这种树名速生桉，特点是长得快，但木质很脆，适宜用于做胶合板及造纸，不适合做家具和建筑材料。

　　一会儿，我们就到达了目的地金剑山半山腰。待妈妈选好停车位停好车后，我们就顺着公路左边的古石板路继续前进。走了不久，我便发现古石板路上的部分石板不见了。还不等我提问，爷爷便告诉了我答案，原来在近几十年中，因为国家建设发展很快，人们都开汽车走公路了，古老的石板路年久失修，渐渐就荒废了。

▶ 璧山城到重庆的汉唐古石道

　　来到了一片摩崖石刻群前，细细一看，共有9块石刻，多数刻石上面都刻有五龙捧圣旨图。5条龙上面一条，左右各两条，把中间的"圣旨"二字团团围住。石刻字迹有些已经模糊了，但还可分辨。所刻内容多样，如节孝、德政等。刻石也就和现在的报纸差不多，起宣扬作用。

在摩崖群的前面，有一块独立的大碑是为了宣扬清代末年张家的一名节孝妇女，让大家了解学习而立的。

▶金剑山清代节孝碑

▶金剑山古黄桷

　　离开摩崖群，前行 100 余米，走到一座石桥前，看见一棵奇特的黄桷树。这棵树与其他黄桷树不同，它是由无数根气根长成一排，不断交叉，一直缠到高处，才长出树的主干。这棵树的一排根，如同圣诞老人长长的胡子。根从岩石上往下生长，又像一条瀑布。

　　在树的西侧，有一块古代的指路碑，被树紧紧环抱。抗日战争时期，大画家、教育家吕凤子爷爷过此曾在《二十日赴渝途中示廉生》一诗中赞叹道："璧山多不寻常树，最不寻常是黄葛，一株两株横路侧，能使雄视一山之虬柏螭松嗒然而若失。"

　　在这棵树的四面八方原来还有很多古黄桷树，可惜在古道荒废的近几十年里，一些不明事理、不重视环境保护的工厂老板把有害化学物质堆积到树下，最终把古树毒死了。

　　告别古道黄桷树，上行一段路是"百米三座桥"。可你数来数去只能数到两座，这是怎么回事呢？原来此处本来只有两座桥，在很久以前其中的一座桥因为山洪冲击而摇摇欲坠，大家便集资重建。重修桥时没有拆掉旧桥，而是在它上面又铺了一层平板石，所以被称为"百米三座桥"。桥边也长有黄桷树，为往来的行人休息遮太阳。

从"百米三座桥"继续上行是龙泉岩，建有一座小小的"龙泉庙"，这是为了方便路经此地到重庆经商的人拜神修的。石岩处，有与蒙哥皇帝关联的石刻以及清代人的功德碑。

▶金剑山古道石刻

在小庙的一旁，有一棵令人称奇的黄桷树。它生长于峭壁之上，生命力十分顽强。它的树根为了吸收营养，竟把那坚硬的岩石活生生地劈成了两半。老人们讲，该岩处昔有一棵巨大、遮天蔽日的大黄桷，终日为行路客商遮风挡雨。

▶金剑山龙泉庙劈石黄桷

▶ 小庙神像

　　金剑山西面小河滩几棵黄桷树下，原来也有一座小庙，叫"坛神庙"，其功能与"龙泉庙"相同。在古路未荒废时，该庙竟比许多大庙的香火还兴旺。怎么回事呢？这还有一段故事呢！老人们讲："有一天，一个编鞋匠拿着自己的草鞋去重庆集市上卖，途经坛神庙，便乞求坛神保佑他。结果来到集市，他的草鞋很快就卖光了。第二天，鞋匠又把家里存积未卖的几千双草鞋拿去卖，并专门来到坛神庙，对菩萨许愿：'如果我这几千双草鞋全部卖光，我就拿猪头来祭您。'这次一到集市，就遇到了部队。当时，天气炎热，部队急缺草鞋，他就抬高物价，赚了一大笔钱。几天后，他就遵守誓言，抬来了大猪头与供果祭神。人们问他怎么回事，他就如实告诉了大家。结果一传十，十传百，百传千，千传万，坛神显灵的名声就传开了。不少人又陆续植树培风景，使该处成了游览的景地。"

六、青杠百岁坊黄桷

▶ 重庆市级文物"清代何氏百岁坊"

　　在一个休闲日，我们来到原属于来凤镇管，现归青杠街道的"何氏百岁坊"参观。这座雄伟挺拔，建在从前成渝古驿道上的大石牌坊，是当地的大财主、大善人周继盛一家为长辈（周继盛的婆婆）周何氏修的纪念坊。

　　我家万卷书屋收藏的清代《重庆府志》《璧山县志》和民国《周继盛行述》等书文，对周继盛行善、周何氏为人生平都有记叙。古书文读不懂，听爷爷、父母解释后略为知晓。何氏在清代道光三十年（1850）满100岁，为家乡和国家做了很多贡献的周继盛就上报朝廷，请皇帝下圣旨为婆婆建百岁坊以光耀周家。经皇上批准"晋百岁奉旨建坊"。坊建成于道光二十六年（1846），这一年何氏老人103岁去世。

　　站在饱经风霜的大石坊下，听住在附近的人讲周家的故事，印入我心中和脑海最深的是：何氏老人育子孙历尽辛苦，教育后代重小家爱大家；周善人一生做好事，对家国有益，最终获得人们赞颂，获得好报。

▶坊雕与古黄桷

百岁坊有故事，而位于坊正面古石道边的大黄桷树也有奇巧的传说。这棵需要两人合抱环围的黄桷树是修百岁坊那一年栽的。老人们说，黄桷树栽时就有小桶粗，是已生长了10多年的壮树，到现在已有180年左右。黄桷树原来生有4根主干，风水师说代表周家4房人丁。但是栽树的乡民不知道，将斜伸向石板道有点挡路的那一根主干砍了，又将另一根挡路的主干截去半截。殊不知碰巧了，周家4个儿子中竟死了一人，另有一子无人继后，只有两个儿子人丁兴旺。迷信的人说，这是一种预兆。

民国时，后来名扬天下的刘伯承元帅在重庆，他对国民党政府的腐朽不满，就去四川泸州参与由共产党组织的武装起义。刘伯承在同事的掩护下，出重庆城后沿着成渝驿道飞马奔驰，躲在大黄桷树侧农舍中，避过了军阀派出的追兵。以后刘伯承多次过此，曾在树下休息。

▶古老的黄桷树干

▶古黄桷根部留下的弹洞

　　当地老人讲：四川军阀混战时期，在大黄桷百岁牌坊东边兔儿山上打仗。驻守在兔儿山的赖姓军阀部队不断往山下打炮，一发炮弹的弹片削断了百岁坊顶一个翘角角的尖尖，现在仍旧可见到一个缺缺。另有一发炮弹掉落在大黄桷树下，把树下部炸了一个大洞洞。

　　日本鬼子侵略中国后，丧心病狂地滥炸重庆，也多次轰炸璧山。许多人都知道，1940 年 9 月 13 日，日本新制造的零式战斗机悄悄隐藏在璧山高空，伏击了中国空军，使中国战斗机遭到了重大损失，掉落在璧山的中国飞机多达 10 架。在这次惨烈的空战中，飞机子弹不断落在大黄桷附近，射入树身树洞内。大黄桷树经过两次炮弹、子弹炸射后，使树洞变得腐朽加大，现洞空可容下两个小孩。

　　大黄桷与百岁坊，见证了日本侵略者入侵重庆和璧山，它们是内涵深厚的文化遗物，我们要爱护它们。

七、鹿鸣小河大黄桷

　　在以前的鹿鸣乡，有一棵古黄桷，它生长在小河边，从它的外形面貌来看，岁数一定不小了。该树如虬龙状的树干尽现皲裂，树干纹路倾斜扭曲，好似神仙用神力把它拧变了形一样。因其树干倾斜极其严重，随时都有倒塌的危险，人们为了保护它，就在它容易断裂倒塌的部位用红砖砌成柱子来支撑，保护它那苍老而巨大的身躯。当地刘婆婆讲：该树年轻的时候，可不是这副模样。它年轻的时候，挺拔威武，总比其他树长得高，青春向上。它曾为人们挡雨遮阳，曾是孩子们玩耍嬉戏的好地方。曾抓护大地减少水土流失。如今，它老了，但仍依偎着小河，吸饮着家乡的水泉，用残干奇身向人们显示阳刚之美，仿佛在回忆着过去。鹿鸣小河大黄桷树，你将不断向人们展示夕阳红的魅力！

八、丁家总理榕树

　　在一个双休日，我与爸爸、妈妈、爷爷一起去丁家街道观赏人称"总理榕树"的古黄桷树。这棵大树生长在丁家场镇西边的一处石坝上，当地人说是清代栽的，至少已有 100 多年了。

▶树身斑驳的总理榕

被称为总理榕树的古黄桷有 10 多米高，长得枝繁叶茂，形状如伞。不少伞状黄桷树与我们的总理榕比起来可就逊色了。远远望去，总理榕树就像一个绿色大锦球，挡住了远眺的视线。

▶树冠似绿锦球

总理榕树干粗壮，需要几个小朋友才能把它环抱。我与爸爸、爷爷想去环抱，但树下有铁丝网拦住不好抱。又想测量一下大树干到底有多粗，结果也没测成，因为大人们都忘了带测量的卷尺等工具。

大树为什么叫"总理榕树"呢？听爷爷和生产队的一位老队长谈了它的来历。

抗日战争时期，周恩来是驻重庆的共产党领导，人称周副主席。1940 年秋季，它受远在延安的好朋友吴玉章的委托，专门到丁家为吴子与吴媳主持婚礼。当时吴玉章的儿子是水利专家，媳妇在迁驻丁家张家院子的国民政府商标局任职员。

由周恩来主婚的婚礼十分简朴，他和夫人邓颖超讲话祝福新郎、新娘幸福，鼓励他们尽力为人民做事。大家站在大榕树下合影留念。后来周恩来当了国家的总理，文人们为了宣扬璧山，寻找胜迹名人，就把这棵树称为"总理榕树"。

▶总理榕侧花盛开

▶总理榕侧丹桂开

　　总理榕树侧边有一片丹桂，我们去的时候正逢它的开花时节，几十株桂花盛开，橙红双色，香气飘扬，十分美丽。我回家后查看了家中收藏的"桂花"书，有许多写桂花的神奇故事，其中有说丹桂是月中种子，"花开皆红黄色"。还有诗人赞说："不是人间种，疑从月中来；广寒香一点，吹得满山开。"

在总理榕右侧公路右边，有一处残破的旧学堂，它原来是丁家镇的孔子庙。有许多书刊都记载说，刘伯承年轻时曾经在这里组织农民反对袁世凯称帝。旧学堂被作为了农军司令部。大画家张大千当年不到 20 岁，路过丁家时到学堂拜见了他的体育老师刘伯承。

▶璧山丁家刘伯承组织农民起义反袁世凯称帝司令部遗址

出旧学堂沿公路西行 100 多米，原来有一片竹林，林中有一座明代大墓，墓前顶有一石龙头朝前伸出，为其他地方所未见。我家中的资料记载说，这座墓是建文皇帝到丁家所娶石姓妃子的墓。有一个叫李绪也的璧山大官有一首诗咏建文帝石妃坟。

▶华佗寺观音像

再前行约几百米，是一座香烟弥漫的寺庙。该寺庙几年前名叫"梁家洞"，现在叫"华佗寺"。寺庙建筑地处洼地，四面是悬崖峭壁。石岩前新建才几年的观音殿中有金光闪闪的千手观音，最吸引人去观拜。我看见侧边有几块石碑，爷爷告诉说这是为捐钱修庙的人立的"功德碑"。数了数，刻有近百人的名字，其中有我在书中读到的丁家人黄家富，他捐了1000块钱。黄爷爷是参加"抗美援朝，保家卫国"，为打击美国侵略者立下大功的志愿军战斗英雄。

　　华佗寺四周环境较好，引人注目的是多翠竹，栽有许多大小黄桷树。

▶ 近距总理榕的华佗寺千手观音殿

九、丁家街上的将军榕

　　在丁家街道原三中学校校区，今住宿楼前有一间土墙青瓦小屋。屋门侧边有一棵大黄桷树，虽然已有一二百年的历史，但仍枝繁叶茂。抗日战争期间，爱国将军冯玉祥曾多次到此住在树下小屋中。其中一次是在1941年秋季。1941年11月14日是冯玉祥的60岁大寿，重庆国民党军政要员准备为他祝寿，但冯玉祥却身穿二马裙旧布棉袍，驱车到丁家避寿。

▶丁家冯玉祥住过的小屋与古黄桷

▶ 丁家将军榕

　　车开到来凤场南边兴隆店，发生了一件事，车上的冯玉祥突然发现有三个穷苦人家的孩子背着柴去赶场，可柴太重，便坐在路边休息。冯玉祥一看，非常同情，叫司机停下车，将他们送到目的地丁家场去。这一天，冯玉祥做了《过兴隆店》一诗，记叙了穷苦孩子的苦难生活和他帮助孩子的感受。

冯玉祥将军来到从江西九江迁到丁家场口的同文中学校内，与师生同乐。在欢迎会上，他讲话"希望大家认真工作，努力学习，热爱国家，共同抗日"。还婉言谢辞学校为其"做生""贺寿"。他拿出自己的薪金，请全校师生吃"过桥面"。

　　这天晚饭时，在学校的古黄桷树下，摆放了不少桌椅，煮了几大桶拌有肉粒的面条。300余名师生与冯玉祥高兴地随意舔着吃，大家欢乐融融，对"布衣将军"的真诚朴实赞叹不已。也因为这件事，这棵黄桷古树被人称为"将军榕树"。

　　还有一次，冯玉祥将军来到了丁家，与任同文中学校长的好朋友，到距场不远的凉风垭去看望迁驻在此的两所大学的同学。这一天很热，他们看见不少学生在院坝及公路边的几棵大黄桷树下乘凉，就逐一与这些学生交谈，鼓励他们学好本领打日寇，报效国家。学生中有不少人后来从军卫国，还有的加入了中国共产党，当了解放军，更有两人成了"两弹一星"的大功臣。

　　至今，熟悉丁家历史掌故的老人，还能指述冯玉祥当年与学生们畅谈的黄桷树地点。

古银杏的故事

▶璧山青杠佛荫寺

一、活化石银杏树

银杏树属裸子植物门、银杏纲、银杏木、银杏科，为落叶大乔木。其树干十分的直，扇形树叶，姿态优美，树叶春夏两季翠绿，深秋时节便会变成金黄。它与松树、柏树、槐树并称为中国四大长寿观赏树木，2008年被定为中国国树。中国是世界上最早种植银杏的国家，早在侏罗纪时代，便有大规模的银杏树群，所以它现在被称为"植物界的活化石"。

在宋代前，银杏树被称名"鸭脚"，因树叶像鸭的脚而得名。到了宋代，虽然宫廷称"银杏"，但在民间仍称为"鸭脚"。欧阳修在《和圣俞李侯家鸭脚子》诗中说："鸭脚生江南，名实未相浮。"银杏树到元代及以后又名"白果"。因为它结果落地后，

▶璧山古银杏小景

▶丛生古银杏

▶璧山龙蟠凤舞明代银杏

果肉腐烂，但果核却完好无损，核中肉色白，故被称为白果。银杏又名"飞蛾叶"，以银杏树叶飘落时好似一只只飞蛾而得此名。银杏树叶又像一把把小扇子，所以又被称名"千扇树"。

明代以后，人们根据银杏树生长缓慢，结果时间晚的特点而称它为"公孙树"。根据古书记载："公种而孙得食"。著名文学家郭沫若很喜欢银杏，写有《银杏》一文赞美银杏树。

中国古老的银杏树非常多，如河南泌阳县的千年银杏；山东费县的唐代银杏；山东城县的大银杏树，其胸围 8.6 米，有着 3600 年的历史；四川雅安市的一棵银杏胸围 8 米，树高 23 米，树龄为 3500 余年。我的家乡重庆市璧山区的银杏也很多，如秀湖公园诗圣岛上与河边镇上有千年银杏，青杠镇佛荫寺门前有明代雌雄双银杏树，来凤街道翰林山庄门前有需要两人合抱的大银杏等。这些银杏树分别高 10 至 20 余米，需二人以上拉手合抱。树姿雄奇，"状如虬怒，势如蠖曲。姿如凤舞，气如龙蟠"。

二、秀湖诗圣岛古银杏

在"2017年重庆十大最美公园"之一璧山秀湖公园里，有一座美丽的小岛，因石刻有唐代大诗人杜甫写璧山的诗句而称名"诗圣岛"，小岛东通秀湖大门"正南门"城楼，西过御史牌坊入"秀湖水街"，南接明代建文皇帝过此的"天子桥"，分别去"龙隐阁""状元坊"。

在小岛西边临水处，有高大挺拔的丛生银杏树，是2012年修建公园时移栽的，树围6.4米，需要四五个小朋友才能合抱。

听移植大树的工人师傅说：银杏树是从四川与陕西两省交界处的秦岭大山上挖来的。据说它见证过唐代的"安史之乱"，玄宗皇帝入蜀曾宿于树旁。唐代末年，僖宗皇帝也在树边庙中休息。传说，杜甫、李商隐、苏轼等大诗人也曾在树下煮酒、咏诗、作画、长啸。

▶ 远眺秀湖龙隐阁、天子桥、诗圣岛

▶诗圣岛参天银杏

古银杏树在明末清初，被张献忠率领的军队砍伐，用来烧水煮饭。以后古银杏树分 5 次从树桩头长出了 14 根树干，其中最粗的大树干胸围 1.5 米，第二大树干的胸围为 1 米多，最小的一根仅有大拇指粗。

▶从古银杏树桩生出的 10 多株大小银杏

▶六代同堂银杏树

　　这棵古银杏可以说是璧山罕见的"六代同堂"树，它是秀湖公园里最老、最大、最有文化内涵的树。游人对它充满了敬畏，把它当作神树，至今仍有人在它身上挂红带以求平安。

三、青杠佛荫寺双银杏

　　我们今天去看佛荫寺的双银杏树，一早出门迎面扑来一股清冷潮湿的空气。薄雾弥漫在天地之间，好像从天上垂下来一条薄薄的帘子，模糊了我的视野。

　　汽车沿着黛山大道行驶，远望着那蜿蜒不断的龙隐山，若隐若现仿佛飘浮在半空中，好似仙境一般。使我不禁想道：今天是不是真的会遇到仙人？过了不久，车子就停在了龙隐山山脚下。由于不熟悉上山道路，去问一边的路人，告诉我们：从山边那条路上去，就可以到佛荫寺。

　　沿着山路行驶，大约过了二十来分钟，我们就到了龙隐山半山腰。这里开设有几家农家乐，其中有一家叫"八仙桥农家乐"。令我觉得十分有趣的是，半小时前我曾想是不是要遇到神仙，现在还真遇到了！

▶ 青杠龙隐山秋色

　　八仙桥一带山坡的景色十分美丽，秋天树的叶子真好看！有黄绿相间的，有淡黄的，也有深黄的，它们一片挨着一片，好像一片金色的地毯，从山顶铺到山脚，整座山一片金黄。

　　汽车又行驶了十多分钟，来到了我们的目的地佛荫寺，远远望见有两棵高大挺拔的银杏树。

　　从宽大的三层石梯走向佛荫寺，我数了数，第一层有 8 级，第二层有 28 级，第三层也是 8 级，这些石级使用 8 与 28 数目，是按照中国民间求祥瑞的习俗来修的。

　　走上石梯，沿着水池上的走廊行走几十步，来到了双银杏树下。位处寺门左面的是高大光滑的雄银杏树，该树胸围经测量为 2.64 米，高约 20 余米。形状像古诗说的那样，"状如虬怒远飞扬，势如蠖曲时起伏，姿如凤舞云千霄，气如龙蟠栖岩谷。"庙前右面的是雌银杏树，该树胸围 2.2 米，高近 20 米，每年结果最多时有几百斤。

▶美丽的佛荫寺明代雌雄双银杏

▶佛荫寺秋色

　　此时，正值秋季，大自然把它们的头发染成了金色，但秋天的风却十分嫉妒，把它们的头发一把一把扯了下来。这些头发从空中飘落，似一只只金色蝴蝶在飞舞；又似一群小精灵，发出沙沙声响，犹如一支歌曲，回荡在庙前。

　　听庙里的老奶奶说："昨天晚上刮大风，树叶飘得很多，要不是今天早上清扫了，地上早就被盖满了。"我在心中暗暗说："可惜了呀！要是不清扫，让叶子铺满庙地，金黄一片，与高大的银杏树互相映衬，那该是一幅多么美好的画面呀！真是可惜了。"

双银杏有个美丽的传说。在雌树的树皮上，有一个像被人用指甲壳刺入形成的疤痕。相传是明朝建文皇帝兵败后到璧山龙隐山佛荫寺避难，当时正值寺庙维修，附近的老百姓都捐材捐钱。来自金剑山天池的美丽姑娘龙香凤也捐了两棵碗口粗的银杏，与建文皇帝共同栽下。建文栽的是左面的雄树，龙香凤栽的则是右面的雌树。树栽后，龙香凤在回家路上被雨淋湿，因为受凉一病不起，不久便逝世了。得知消息的建文悲痛不已，便抱着雌银杏树哭起来，因为悲伤，手指甲刺入了雌树皮中，便留下了伤疤。

▶佛荫寺山门右边的雌银杏

▶雌银杏树下

▶ 银杏金叶映寺殿

　　据说初夏时节，雌树晚上开花，一般人是看不见的。传说凡是看见的就会有出息可致富。听住在庙内的老人说，以前有一对姓张的兄弟，一人在庙内读书，另一个常年习武登山。一天晚上，两兄弟都看见了银杏开花，后来一个考中了文举人，另一人考上了武举人。

四、河边镇神奇黄桷银杏树

在璧山河边镇的复兴村有一棵粗大的老银杏，经过测量，树胸围4.5米，直径1.43米。树原高约20米，现高10米多，要4个小朋友才能合抱。这棵树是璧山现存的银杏树中最粗大的一棵。

据《中国树木文化》记载：湖北安陆市白兆山祖师殿的古银杏高12米，围长3.8米，胸径1.2米，树旁石碑刻有"千年银杏"，传为李白刻立。璧山佛荫寺距今500年的两棵银杏胸围都没超过3米。通过这些资料与河边镇这棵银杏树作比较，可以推测出河边这棵树应该有1000多年的历史了。

▶ 河边镇古银杏

▶古老挺拔的河边镇银杏

2017 年的冬季，乘公交车前去河边镇，在大桉树站下车后，沿主公路行了 2 分钟，又沿北边的支公路行了 10 分钟，远远看见了一棵大树。可是那大树长的不是金色的银杏叶，却是翠绿的黄桷叶，好像一把撑开的绿色巨伞，下面侧伸出几根粗壮的枝干，可是一片叶子也没有。

▶千年银杏树顶长黄桷树

▶千年银杏树干

▶顶为黄桷树的古银杏

　　就在我百思不得其解时，一位老爷爷走了过来，我连忙问道："老爷爷，请问古银杏树在哪里？""在那里。"老大爷指着黄桷树说。"那不是黄桷吗？"我又问。老爷爷笑了笑，告诉了我银杏树的秘密。

　　原来在 50 年前，当地生产队在树的一旁修了一所蘑菇房，里面堆满了木柴。有一天，不知是什么原因，蘑菇房失火了。因为木柴堆积太多，火势立刻变大，形成了火海，包围了银杏树。仅一会儿就火光冲天，浓烟滚滚。生产队的人看见了，拿着水桶、水盆来灭火救树，可火势太大，大家只能眼睁睁看着银杏树的叶子全被烧枯，树皮也几乎全被烧糊，掉落在地，直到现在都能在树上看见被火烧过的痕迹。事后，大家原以为这棵树已死了，本想把它砍掉，谁知第二年银杏树却奇迹般地活了下来，还长出了许多嫩叶。

可惜好景不长，这棵树在20年后的一天被一道闪电半腰劈断，并将南面树干劈出了几道深深的裂缝。为什么呢？原因是在它的头顶，有三根高压线，那天夜晚风雨交加、雷鸣电闪，一阵狂风将高压线向下一吹，贴到了银杏树尖，闪电从天而降，从高压线传到银杏树上，就将其劈断。虽然树被劈断，但剩下的半截却顽强地活了下来，至今每年仍产白果几十斤。

　　银杏树的传奇故事还没有结束。就在第二年春天，飞来了两只美丽的小鸟，一只小鸟全身通红，另一只全身雪白，它们衔来了几粒黄桷树种子，落入10余米高的断银杏树树顶。到了秋天，居然长出了一株黄桷树幼苗。

▶黄桷树根伸进古银杏树干洞中吸取营养

▶依附在古银杏树干上的黄桷根从天上伸入地下

　　时间又快速飞逝了 30 年，到了今天，寄生在银杏树顶端的黄桷小幼苗已长成了一棵大黄桷树，还朝四面八方长出了五根粗如碗口的枝干。黄桷树根也沿着银杏树的主干不断往下爬，有些已钻入银杏树被雷劈出的裂缝中，有些扎进银杏树枯枝断后的洞内，还有的则环绕着银杏树生长。更为奇特的是，有两根树根从银杏树顶上一直插到了地下，大的粗 50 厘米，小的粗 23 厘米。

关于银杏树，民间还有许多故事传说。银杏树所在地的庙子名叫复兴寺，早在宋朝就已修建。修庙前，从远方来的和尚身背着两棵银杏树苗，因为赶路辛苦就在此休息。当他醒来时，看见一棵树苗已掉在地上。放眼望去，四周群山环抱，风水极好。他以为是神仙要他在此建庙，便将银杏树一左一右栽在此处。当地百姓知道此事后，便有钱出钱，有力出力，把寺庙建了起来。

到了元朝末年，因战乱庙宇残破，当地因病退休的官员晏普谅捐款将庙进行了维修。他的后代有考中举人、进士的，有任吏部尚书、户部郎中等高官的。还出有皇妃晏荷，即璧山长期盛传死在一天门的那个皇帝娘娘。

晏荷的爷爷晏毅是一个清正的好官，他在担任云南布政使期间，做了许多为国为民的好事，得到了朝廷的肯定和老百姓的赞扬。有一年，晏毅和孙女晏荷一起去复兴寺烧香，晏荷发现门前的银杏树被风吹斜了，就捐出银两请寺庙长老将树扶正，以利树成长。不久，皇帝选美，晏荷被选中了。

▶银杏树干长着黄桷树根

▶古银杏老枝与壮年黄桷根

　　从小就住在银杏树旁古院中的刘爷爷给我们讲："古银杏树未被雷电击断之前，在近 20 米高的主干与两根大枝干连接处，有一个大鸟窝，住在窝里的是一对五色鸟，长尾巴，不知是啥子鸟。这对鸟在树上住了七八年，每年三四月中就要下蛋，每次下蛋 6 至 8 个。小时候，我和同院的狗儿、花娃经常爬上树去掏蛋。前两次去掏时，还害怕有大雀儿，万一用尖尖嘴来啄人可不得了。花娃胆子小，根本不敢爬上去。我与狗儿上去两次后，发现五色鸟见了人就飞走了，不会来啄人。我们以后胆子就更大了，每年都要上树掏几个五色鸟蛋来玩耍。"

　　我对刘爷爷说："这么美丽的鸟的蛋你们掏了真可惜，要是孵出小鸟多好呀，大自然又会多一些小精灵呀。"刘爷爷回答："现在已不准捕鸟掏蛋了，我们那时候不讲环境保护，不重视保护动物，想起来也后悔嘛。"

　　刘爷爷还讲了有一次爬上树，正要把手伸进鸟窝时，突然从窝中蹿出一条乌梢蛇，吓得他差一点掉下了树。他说："那次要不是双脚牢牢地踩着大枝干，一手拉着另一跟主枝干，恐怕就摔下树了，过后真害怕呀。"

▶两根幼年黄桷树根攀附在千年银杏树干上

这棵银杏树，许多村民对它充满了敬畏。民国年间，有一位村民从小就爱护古银杏，常给树除草、施肥、浇水。有人开玩笑说："这根白果可是神木，你这样爱护它，它可能要保佑你到城里去当城市人，还可能当县长哦！"结果玩笑成真，他年老时进县政府当了一名职员，就不回乡下了。巧的是，当时军阀混战，经常换县长。一次仗打了起来，县长溜了不知去向，人们就推举他代理了3天县长。因为不是正式委任的官，他又被人们喊为"假县长"。

▶ 银杏、黄桷连体

▶神奇的千年银杏生黄桷树

　　古银杏也遇到两次险遭砍伐的危险，一次是大办钢铁时有人要砍它，但遭到住在附近的几个院子的人反对未得逞；第二次是河边乡政府修房屋欲买这棵树去做梁，但被生产队全体社员反对也未成。如今，银杏树处开始修建璧山公墓，管理处就建在树侧边，古银杏树已成了该地的风水标志树，我从心里祝愿它长久生存。

石牌坊的故事

【隐帝流光坊与武魁坊】

【御史坊与德政坊】

【冯蒲二状元坊】

【翰林坊与众翰林】

▶隐帝流光碑

一、隐帝流光坊与武魁坊

今天是一个风和日丽的好日子，我在家里做完作业，便和奶奶黄代芳及她的好友陈玉兰等一起去秀湖公园观赏隐帝流光坊与武魁坊。

我们穿过公园的城墙大门，来到诗圣岛走上传说是明朝建文皇帝走过的天子桥，远远望去便看见隐帝流光坊。它高高地耸立在平台上，俯视着整个公园。

▶远看隐帝流光坊

走近一看，发现这座牌坊是由钢筋混凝土做骨架在表面贴上大理石砖做成的。它是一座六柱五门冲天式坊，在正面与背面，都刻着"隐帝流光"四个从右往左的大字。在坊的正前方，有一个小小的舞台，正在举行歌舞活动。

　　我正在为隐帝流光坊拍照时，发现一旁有一块石碑，几位老爷爷正在读碑文。碑记这座牌坊原来建在璧山南面登云坪。为什么要建这座牌坊呢？是为了纪念建文帝。当时，建文帝的叔父对他登上皇位表示不满，就与建文帝开战，最终攻入了南京城。建文帝被打败后就装成僧人，与几个心腹逃走了。他逃到了登云坪，在毗卢古寺住下了。因为他当皇帝的时候做了不少好事，老百姓都爱戴他，便为他修建了一座隐帝流光坊。可惜的是，这座牌坊在几十年前的文化大革命中被红卫兵毁坏了。不过，在近几年修建秀湖公园时，人们又把它重建在公园之中。

▶隐帝流光坊下

魁武宗大

忠義

八斗奇才金巴蜀武科占魁首

玉車雄賡入金奮文策探殺情

▶秀湖公園武魁坊局部

▶武魁坊

　　观赏完了隐帝流光坊，我与奶奶等人走过高高的天桥，经过高耸入云的钟楼与鼓楼，来到了宏伟壮丽的武魁坊前。只见武魁坊下站了许多游客，他们三个一团，五个一群，指着武魁坊议论纷纷。有几个孩子问家长："妈妈，这个石大门是用来干什么的？""爸爸，那上面为什么有小人？""这是用来干什么的？"我的小伙伴李周司浩也问他的婆婆："这座大石坊是谁的？"这时，一位老人走了过来，他头戴一顶毡帽，拄着拐杖，身披着一件风衣，一幅老学者的模样。他环视四周："我与你们说说武魁坊的故事吧！"我一听，赶紧来到了老爷爷身旁。"这座武魁坊是用来纪念璧山爱国武状元王大节的。他自幼便练习武术，以坚持不懈的精神考中状元，后来成了岳飞将军手下的一位谋士。为了击败金齐两国，王大节秘密潜入敌穴探得情报，并向岳飞和皇帝报告，最终打得敌人大败而归，取得了胜利。王大节受到了岳飞的赞扬与朝廷的认可。"老爷爷话音刚落，四周便响起了掌声。

听完老爷爷的介绍，我这才细细地端详起这座高十多米的牌坊。这座牌坊是用青石头建成的，是四柱三门两层三楼歇山式牌坊，正中间的匾额写有"忠義"二字，上方匾额写有"大宋武魁"，即宋朝武状元。在坊的柱子上正反面各写有4副对联。

我发现在"武魁"字上方有6幅画，可是这牌坊太高大了，看不清上面的画面，只好不断后退，却怎么也看不清。这时奶奶拿出携带的望远镜给我，我高兴地举起望远镜，6幅栩栩如生的图画映入眼帘。刻的是王大节年少习武，入京校场比武，大节考中武状元，与岳飞议抗金，潜伪齐探情报，获敌情报高宗。

时间快速地流逝，转眼间，太阳已经快落山了，我与小伙伴们却还在观赏着武魁坊，因为王大节的爱国情怀和努力学习的精神已深深地印入了我的脑中。最后在奶奶等人的再三催促下，才恋恋不舍地离开了秀湖公园，告别了令人景仰的武魁坊。

▶武魁坊局部图

二、御史坊与德政坊

　　在观赏完隐帝流光坊与武魁坊后的第二天，我与爷爷去秀湖公园看御史坊与德政坊。

　　路上，我们看见各种各样的鲜花竞相开放，有红得似火的桃花；有虽还没开繁但却已经结出了不计其数的花骨朵儿的海棠；有黄得似金的迎春花；还有已经彻底盛开了，三个一团，五个一簇地挤在一起不知名的小花，星星点点地开在草丛中，美极了。

▶海棠花将开

御史

御史坊正面

　　走过几个小弯后，一座高大的石牌坊映入眼帘。我一看是一座四柱三间五楼的歇山式牌坊，与昨天见到的武魁坊大同小异。这时，爷爷向我提出了一个问题："邓第，你知道什么是御史吗？"我想了想自己看过的古装电视剧，回答说："御史就是皇帝派到各地抓贪官与污吏的官员。""可是这座牌坊是为哪位御史修建的？"我反问。爷爷笑笑回答："你仔细看看，这座牌坊的石鼓上刻有双狮戏绣球、双狮踩绣球、回头麒麟、戏雀麒麟等共16幅图。在正面'御史'与背面'天恩宠锡'下方各刻有两副对联。你看这牌坊上一共有几幅画呢？"我数了数："有24幅。""除去花草之后呢？"爷爷又问。我思考片刻后答："有6幅，所以，是不是有6个御史？"爷爷点头说："是的。"并给我讲述了唐代韦君芝小时候因为家境贫困，在来凤镇古庙中认真读书，最终成为御史；唐代的刘湾在青杠金栗寺刻苦读书，考中进士出任御史；

唐朝的苏涣原本劫富济贫，后来发奋读书考取进士当上御史，与大诗人杜甫成为好朋友；唐朝的陈讽小时候为了保护百姓的庄稼，画了一只老鹰来吓走麻雀，长大后金榜题名，考中状元出任御史；宋代的冯缙小时候就在璧山文庙刻苦读书，之后成为御史，还与状元冯时行成为朋友；明代的赵应期小时候认真读书，考中四川省的第一名，成为知县，后来升为御史。御史坊就是为了纪念他们而修建的。我点了点头道："原来是这样。"

▶御史坊反面

▶御史德政事迹图

我们走进了水街，只见四周全是青砖绿瓦建的仿古建筑。在道路两旁则流淌着两条清澈的人造小溪，经阳光照耀仿佛变成了金龙。顺着小溪往下走，不一会儿，便来到了一座高大挺拔的牌坊前，只见牌坊上雕刻着各种人物活动场景，不用说，这一定就是我们今天要观览的德政坊了。

▶德政坊

▶明清璧山官吏德政图

▶璧山县令德政图

　　还不等我提问，爷爷就像导游一样介绍起这座牌坊："这座牌坊为四柱三间五楼歇山式，有8个抱鼓石，上面雕刻有4对狮子，还刻有8位神仙和他们的法器。这座牌坊是用来纪念明、清代的好县令的。"说完，爷爷停了一下，又指着上面雕刻的画说："这些画就是展示他们做过的一些好事，主要是劝农耕地、修筑河堤、新建书院和开仓济灾。他们中如清朝的刘笃胜考中举人，先后当了七八个县的县令，在江西修筑河堤，保护了百姓；又在任铅山县令期间遇上了旱灾，亲自带领百姓找水；还在一个地处大山盗贼众多的县中带人捉贼，整理治安；并且修建了许多孤儿院，得到了百姓爱戴，大家都写诗画画赞颂他。清代刘志出任县令，劝农民种好庄稼，取得好收成；教学生努力学习，不断进步，最后取得了优秀的业绩。明代张本来到璧山任县令，因为战乱使璧山人烟稀少，他便召集居民筑城墙，修文庙，建学校，并在干旱时节挖水井帮助百姓。

成宗跃继张本之后改建了文庙，他重视教育，并且十分亲民，为百姓解决了许多问题，使全县上下一片安宁。清代的黄在中初到璧山时，璧山十分荒凉，便动员流亡在外的百姓回到家乡安居乐业；并且重修公学，还修建了许多寺庙；更重要的是，他编了《璧山县志》。清代的常廷旌任县令时也为璧山培养了不少人才，并且让百姓改掉了不良习俗。他走后，老百姓为他在金剑山龙泉崖立了去思碑。"

　　听完爷爷讲的故事，我明白了，一座牌坊的意义，不在于它的外表，而在于它的历史；不在于它的大小，而在于它的故事。有故事的石牌坊就像一扇窗户，能让我们看见中国的辉煌，让我们知道历史上有所作为的那些人，都曾经轰轰烈烈地活过！

▶ 德政图

三、冯蒲二状元坊

　　经过两天的游览，公园里的牌坊只剩下两座没有见过了，今天，我和爷爷、奶奶又去游秀湖公园，观览冯蒲二状元坊。

　　像往常一样，从南大门进入了公园，而后向西走去。我们行走在水边，望着水平如镜的湖面，感觉心旷神怡。

▶秀湖美景

▶状元及第坊

▶宋代状元及第坊

　　在路的尽头立着一座公园最大的青石牌坊"状元坊"。这座牌坊是一座四柱三门三楼歇山式牌坊,正反面刻有"状元及第""大魁天下"8个大字,下面有小字"重修宋冯时行、蒲国宝状元坊"。不用说,这肯定就是牌坊主人的名字了。坊顶雕有仿木结构的双层石斗拱,下面的柱子正反面各有一对抱鼓立狮,鼓上刻有二龙戏珠、双凤朝阳、吉瑞麒麟等26幅图画。4根石立柱子上有4副赞美两位状元的对联。

爷爷介绍："这两位状元中的蒲国宝在史书中记载不多,但在民间却有众多传说。"

　　传说,蒲国宝五六岁时,他的父母就送他去上私塾了。虽然老师看中了蒲国宝聪明,可他太年幼又使老师犹豫,最后在蒲国宝父母的请求下才收蒲国宝为学生。蒲国宝没有辜负父母的期望,上课时认真听讲,并且对老师提出的问题对答如流。同学们觉得上课时间长,他却觉得上课时间短。下课后当同学们在外面捉迷藏、斗蟋蟀时,他却总是端端正正地坐在教室里看书。正是因为他学习刻苦,他的成绩一直名列前茅。

　　蒲国宝还因为勤奋好学闹出一个笑话。他家后院是一大片竹林,里面有一座亭子,蒲国宝经常在亭内读书练字。有一天,蒲国宝在亭内练习书法,他母亲把面馍与自己家制作的甜酱送到亭中。蒲国宝由于练习书法过于认真,居然把面馍沾上墨汁吃掉了,而他自己却一个下午都没发现,直到母亲来送晚餐时才发现。望着哈哈大笑的母亲,蒲国宝也跟着笑了起来。由于他的勤奋好学,使他在后来的科举考试中金榜题名,一举考中了状元。

▶秀湖石刻蒲国宝像

▶蒲国宝状元及第还乡图

　　另一位状元冯时行的家在璧山县文庙一旁。他满一岁时，家里人让他抓周。那天，来了许多亲戚，他的两个哥哥也来凑热闹。当他们看见桌上放着的大印、小印、玉佩、宝珠、笔墨纸砚等物品，也忍不住手痒痒，异口同声地说："我们也想抓。"经母亲点头后，一个哥哥大摇大摆地走到桌子边，一把抓住桌子上的两枚小印；另一位哥哥拿了一块玉佩与一些纸。一旁的亲戚们开心地说："看来，两位哥哥都是当官的料呀！"接下来就该冯时行了，只见他把小手放在桌子上，惊奇地看看这个，摸摸那个。忽然，他把目光停在了文房四宝——笔墨纸砚上，就伸出小手把它们捧了之后又拿了一块大印放在怀里，咿呀咿呀地唱起了歌。大家都被冯时行这一举动惊呆了，连声称赞："看来弟弟以后一定会成为一位青史留名的大文官呀！"后来冯时行成人后果真考上了状元，成了大清官。

▶璧山湿地公园状元桥

冯时行五岁时，就开始读家里的藏书，虽然许多字都不会认，但他依然喜欢读书。有一次，父亲在书桌上放了一本《唐诗》和一本《杜甫诗集》，还没来得及看，就因为一些事情出去了。冯时行看见桌上的书便拿走了。到吃饭时，一家人把家翻了个底朝天都没有找到冯时行。直到一个哥哥说："我知道弟弟在哪儿，他应在后院山上，平时都在那儿看书。"一家人立刻赶到后院，看见冯时行正坐在璧山文庙后坡一块大石头上津津有味地看书呢！也因为这个故事，那块石头被后人们称为"状元石"。

　　待冯时行长大一些后，他的家人便让他到璧山县读书。冯时行不仅认真学习还交了许多朋友，要好的朋友有白昭度，他们经常在街坊里散步，走累了就拿出随身携带的书阅读。老师也经常带他出去研学，使他去实践，去拜访不同行业的人，使冯时行了解到了许多在课本里学不到的知识。

▶璧山陵园状元石

冯时行七八岁的时候，他经常看孔子的《家记》。有一篇文章主要讲在周王庙内有 8 位铜人，他们的嘴全都封着三层纸条，背上刻着告诫人们不要做的几件事，如说话要小心谨慎，尤其是对政府、朝廷与上级；别人的事也不要去管，以免拖累自己。看到此处，冯时行十分疑惑，难道国家的事也不管？于是他拿着书去问老师。老师思考片刻后说："我以为还是要管，否则，后果严重。"这句话给冯时行留下了很深的印象。他考中状元后，看着宋朝被金国占去了半壁江山，就不断向皇上写奏书，让皇上发兵收复中原。他因此得罪了奸相秦桧，被罢官几次还险些丢了性命。可是冯时行却丝毫不畏惧，写道：我从小就熟读《家记》，可是国家兴亡，匹夫有责，虽正像书中所说，可落得不好后果，但我也心甘情愿，绝不后悔。

▶冯时行状元及第回乡图

▶弘扬爱国主义思想的状元坊

　　冯蒲二状元牌坊是一面弘扬爱国主义的大石镜，它将两位爱国状元的行为展现给后人，鼓励我们沿着他们的足迹，为国家和中华民族的伟大复兴而行进。

四、翰林坊与众翰林

　　秀湖公园翰林牌坊我是在寒假中抽时间和爷爷去观赏的。去翰林坊有两条路，一是从公园正南门进去，过天子桥后走上一大圈，才能到达。第二条路便近多了，先是走到武魁坊，再上行过翰林院，最后右拐弯，你便会看到一座高耸入云的翰林坊。我和爷爷选择了第二条路。

▶翰林坊正面局部图

▶翰林坊反面图

　　不到二十分钟的工夫，我们便来到了翰林坊跟前，这是一座四柱三间三楼双层歇山式牌坊，高10余米，宽近10米。其中引人注目的是，在坊顶左右两个小楼下各有3个斗拱，主楼有8个斗拱，加起来有14个，正反共28个。值得一提的是，公园的其他牌坊都是仿清代的，而它却是公园牌坊中唯一一座仿明代式牌坊。在牌坊四周有许多奇树异花，充满生机。坊左右两侧有两座小山，小山身上长满了绿树，仿佛披上了一件绿衣。山顶上有大大小小的观景亭，其中一座亭子下面有一处人造瀑布，一股股清泉飞溅，绽出无数朵白莲。

　　爷爷告诉我，这座牌坊是为了纪念璧山的10多位翰林而修建的，其中较为有名的几位翰林是唐代的任晲、五代的毛熙震、宋代末年的杨辛起、明代的江朝宗和甘颐、清代的何增元和刘宇昌、王倬等，这些翰林各有自己的传奇故事。

▶秀湖翰林院

先说任畹，他家里有许多藏书，他和哥哥从小就认真学习，兄弟俩靠着自己的勤奋刻苦，双双考中了成都的举人。而后又到当时的首都——西安考试，虽然他们博学多识，但因为在当地没有名气，没有达官名流推荐就不幸落榜。哥哥知道考试结果后，失望极了，对任畹说："贤弟，我们在京都考个举人都考不中，还是放弃了吧！""没关系，我们要坚持，一定会考上的，并且我有一个办法。"任畹安慰哥哥道。随后，任畹把自己的诗词文章统统印到一个本子上，随后找当地名人达官请教，还谦虚地说："请先生指点。"各位达官贵人看了，都啧啧赞叹："我大唐居然有这等人才，真是可喜可贺！"过了几年又是一场考试，任畹本来就学识渊博，再加上有各位名流达官相助，就中举人入进士成为本科 30 名进士中的一员。他回家探亲，进士朋友们都写诗画画来赞颂他。之后他当了县令，而后升为知府。他最厉害的本事就是断奇案，使老百姓们不被冤枉。正因如此，他成了老百姓心中的一位好官，老百姓都对他感恩戴德，秀湖公园还刻有和他有关的石刻画。

▶秀湖任畹断案石雕

▶秀湖部分翰林事迹地雕

103

▶毛熙震礼客地雕

　　毛熙震生于唐朝末年，当时军阀混战，诸侯割据，老百姓全都生活在水深火热之中。不过由于王建、孟知祥先后在四川建立了前蜀、后蜀，使四川没有发生大的战乱，百姓的生活相对较为安宁。生于璧山后祠坡的毛熙震自幼便努力读书，以后进入文庙学习更是刻苦。后来凭着自己博学多识且善作词而考入翰林院。他健在时做下的词不计其数，成了当时著名的大词人之一。他的词流传至今仍有近30首，在古今对蜀词的研究书籍中，也总有他的身影。在秀湖公园的地雕中，也有他的画像。

▶毛熙震作词地雕

宋朝末年的杨辛起，小时候家里很穷，没钱供他读书。但困难并没有阻挡小杨辛起对学习的热爱，他一有时间便跑到沙地去，用树枝在上面练习写字，这也为他后来考入翰林院打下了良好的书法基础，直到现在，他的书法石刻，还有存留。后来，他的邻居——一个大富人家的孩子也到了上学的年龄，可是缺了一个书童，杨辛起便自愿成了他的书童。上课时，书童要站在教室外面等候自己的小主人，杨辛起便抓住这个机会，听老师讲课。老师不久便发现了他，认为这个孩子很不错，便让他坐在教室的最后一排听课。结果他居然比自己的小主人学得还好。在现在璧山中学的北墙方向，有一口古井。在杨辛起小时候便有许多人在那里打水，常常有人不小心把桶落入井里，杨辛起便下到井中，把桶捞出来。于是大家都夸他是个助人为乐的好孩子。后来杨辛起继状元冯时行之后，在璧山研究《易经》，尽管他已成为一方名士，可他还是十分节约，常用高粱秆截成段，摆放成八卦。杨辛起近80岁的时候，蒙古入侵南宋，他就与朋友们帮助大帅，出谋划策，为保卫四川，保卫重庆，保卫璧山做出了努力。

▶杨辛起书法局部

明代的江朝宗，他的家住在璧山八塘镇高滩边上，家里比较富裕，自幼便跟着父亲游学，周游天下。后来，他们来到了京城，遇到了做高官的族叔江渊。江渊带他们拜访了许多著名学者，使江朝宗的学识有了大幅度的提升。

江朝宗青年时期，父亲不幸病逝，他回到家乡守孝。在守孝期间，他居住在璧山金剑山北面大蟒峡内的温泉寺读书。大蟒峡这名字来源于一个传说：很多年以前，峡里有一条会法术的大蟒蛇会在晚上出来吃人。有一天，峡里来了一位法力高强的道士，听了峡中百姓的痛诉，便要为民除害。结果一个晚上，道士抓住了大蟒，然后施展法术，杀死了蟒蛇，峡谷也因此得名。可是最近传言蟒蛇又重生了，经常出来吃人作怪，一位老太太连忙把这个消息告诉江朝宗："小伙子，你还是快下山去吧！这里不安全，要是你被重生的蟒蛇吃了，那可怎么办呀？"江朝宗根据峡中居民告知的情况分析，认为不会有吃人的蟒蛇，就说："婆婆，不要信这些流言，我要坚持在此读书，争取考中进士，如此才不愧对我的父亲。"江朝宗在这里读了整整三年的书，守孝期满后，参加朝廷考试连中举人、进士，入翰林。

▶秀湖江朝宗地雕图

▶我家收藏的江朝宗书法碑拓片

江朝宗年老退休后，回到高滩居住。听爷爷说，这里本是一处有几段落差的叠层瀑布，南宋时期，由于一场特大暴雨，造成河道塌方，形成了只有一层落差几十米的高滩。这件事在元明代书中有记载。江朝宗在高滩处修建了一个"雪浪"草亭，常常与自己的好朋友在这里写诗作画，把酒言欢。在瀑布上游，有一次发了大水，吞没了河道两旁的庄稼，使得几家农民颗粒无收。农民们十分迷信，请来了石匠和道士，在河边修了镇水神——吞口，欲图用此镇住水中的妖怪。江朝宗听说此事后，便打开自家粮仓，救济受灾的农民们，并告诉他们，洪水是一种自然现象，并不是水中有什么妖怪，并劝他们以后不要在水边种庄稼了，要是再发洪水，那就完了。把庄稼改种为竹子和树木，等树成材了，竹子长高了，把它们卖了，再用钱去买粮食，同样能生活。

▶石雕璧山八塘江朝宗故居一角

江朝宗修志

明翰林学士江朝宗

参编国史撰英宗实录任沃税
东言宫太子师经筵多启监
言两主翁试出市舶蜀人物里国
清明不昧致仕普心公益华奇英
志重庆重其志文章热以之言国
民教敬识其文代言国之奇
学之足达尊

邵启云癸巳冬敬撰

▶秀湖石刻江朝宗修志

　　江朝宗成为翰林后，为国家和家乡做了不少好事，如他编写了国家史书、写了四川的人物志和重庆现存最早的郡志以及描写璧山的多篇文章。现代学者评价他是继冯时行之后重庆的又一大奇人。不少地方都缅怀他，璧山公园内还有纪念他的地雕。我上网查找他的资料，知悉他被贬到广东当市舶提举时，许多外国商贾和使节向他行贿，但他拒不接受洋贿赂，自己也从不给朝廷达官送礼。他的清正廉洁事迹已被中央纪委宣传，全国有 100 多家纪检部门、专业刊物介绍了江朝宗的事迹。他的高尚品格真是我们学习的好榜样。

　　明代的甘颐相传是一位特赐翰林。据我家收藏的《甘氏家谱》记载：甘颐万历探花，青年时文才诗歌名世，作有《黑溪诗词》，从家乡流传四方。人们将其作以诗歌快板莲花罗等形式在嘉陵江、澄江一带街头表演宣传。清代乾隆《巴县志》记："传明探花甘颐曾读书（泥封）山寺。"《重庆题咏录》《北碚诗词》等书也记载他是探花。甘颐的故事很传奇，听爷爷说：清代人将他的故事写入了一本小说，该本小说十分有趣，不少情节是写忠君爱国和热爱家乡、孝敬父老的。

唐翰林学士传论

傅璇琮◎著

辽海学术文库

辽海出版社

乔晓军 著

清代翰林传

陕西旅游

中国社会科学院青年学者文库

清代翰林院制度

邸永君／著

文史系列

重庆旅游文史丛书

璧山卷

社会科学文献出版社

清代翰林院与文学研究

潘务正 著

中国翰林制度研究

杨果 著

翰林院

明代洪武至正德年间的翰林院与文学

MINGDAI HONGWU ZHI ZHENGDE NIANJIAN DE HANLINYUAN YU WENXUE

郑礼炬 著

▶我家收藏记载有璧山翰林的书

中国社会科学出版社

111

清代何增元家住中兴场，现属青杠街道。他在嘉庆年间考中翰林，深得皇帝的信任，经常随同皇帝出巡，还入选"军机章京"，就是辅佐皇帝的军机处办事人员。因为进入"军机章京"的人升职较快，人称"小军机"。据史料记载，当时进入这个部门的汉族翰林一共有360多人，其中的巴蜀人一共只有4名，他就是其中的1名。何增元任官期间为各个地方的老百姓做了不少好事，还参与"反对分裂清疆保卫国土完整"的平叛战争，为人称赞。最值得赞扬的有两方面，一是与军机大臣、宰相曹振镛编写了一本叫《平定回疆剿擒逆裔方略》的书。爷爷告诉我，这本书是将档案汇编后反映重大史事的书。主要记录张格尔等在英国支持煽动下，妄图分裂新疆，清朝出兵剿灭叛乱之事。该书保存了史料，颂扬了皇帝武功，内含爱国主义思想。二是他在任官时重视为国家选拔人才，他在任省级乡试主考官时，选录的近40名举人后来竟全部考中了进士，说明他的眼光很准。退休后，他在乐山、成都等地的大书院任山长（校长）。成都的书院是四川大学的前身，培养了许多栋梁人才。

▶秀湖壁雕翰林赶考

▶观览翰林图

刘宇昌也是嘉庆年间的一位翰林。山东肥城市里本有一座老书院，可是由于战火，被摧毁了，几位到此任职的县令都想把它重建，却怎么也修不起来。刘宇昌来到此地发现重建书院的费用过高，便带头捐出自己的工资。许多地主和商人则跟着捐钱，普通老百姓则捐粮食，穷人们没钱没粮就志愿出力。经过一年半的紧张建设，书院终于建好了。不久后，他又被调到了贵州八寨任官。那里的百姓主要是苗族人，没有书院。当地百姓纷纷恳求他："求求您，我们这里没有书院，读书要去很远的地方，您为我们修一座书院吧！"刘宇昌听了百姓的要求十分心酸，就求上级批准。虽然上级同意了，但由于没有资金，他便带领当地的秀才、举人四处筹款，最终修建了该地第一座书院，使得当地人再也不用到远地上学，对该地苗民的教育起到了积极的作用，推动了当地文化教育的发展。

▶翰林赴任

▶秀湖翰林院石刻文

　　王倬、胡安铨、邓树標、鄢九如、林含英、陈宗典等翰林也
有不少故事，他们在幼时、青年时都努力学习，中翰林进入官场
后都能为国家和老百姓做好事，值得后人建牌坊纪念。

后 记

    我的爱好较多，在母校老师们的关怀下，常参加校内外的文艺活动。2017 年，家中长辈们带我游览家乡的山水，我发现各种古树、古桥、古庙和牌坊等都有自己的故事传说，就对此产生了兴趣。在大家的支助下，我挤出时间，断断续续用了八个月，写出了《古树牌坊的故事》。

    本书用了 100 多张图片，多数是我到古树、牌坊现场拍照，少量为长辈们辅摄，资料图片已在各图标明。

    在本书即将出版之时，家乡作家协会名作家戴克学爷爷为书作了序，我的爷爷写了序言，出版社的长辈们不辞辛劳地奔忙，我非常感谢。我谢谢我的老师和我的家人，谢谢参与帮助打印、编排以及关心本书出版的人。

邓 第

2018 年 4 月 19 日